Le Royaume

Benoit Feroumont

1. Anne

Couleurs :
Christelle Coopman

DUPUIS

Merci à Juliette et Nicolas pour leurs bisous de motivation,
à ma maman pour son aide,
et surtout à mon auteur de mari et Frédéric Niffle
pour leur soutien et leur confiance.

CHRISTELLE

Merci à ma famille pour l'inspiration,
à mes enfants et à ma chère coloriste d'en bas.

BENOIT

D.2012/0089/172
ISBN 978-2-8001-5488-6

Imprimé en Belgique.

Cet album a été imprimé sur papier issu
de forêts gérées de manière durable et équitable.

WWW.DUPUIS.COM

Il était une fois un royaume paisible où il faisait bon vivre. C'était un petit pays oublié par ses puissants voisins et leurs guerres incessantes. Un charmant petit bout de terre sur lequel vivaient tout un tas de gens qui chaque jour jouissaient de ce que leur offraient la terre et le ciel...
... Sire?...
Cocoricoooo!
... Sire?...
... Siiiiireuh...
Mm mmh!
Sire, il est l'heure de se réveiller!
Bon sang, Thibault, qu'est-ce que tu es laid!
Je sais, Sire et je m'en excuse! Mais je compense avec beaucoup de gentillesse et de serviabilité!
Je sais, je sais Mais pourquoi n'est-ce pas Anne, la jolie Anne qui vient me réveiller?

Parce que depuis qu'elle a peur du hululement des chouettes, Anne dort dans votre lit, Sire!
Ah oui! J'oubliais!
Bonjour, Sire! Woouaaah!!!
Le soleil est déjà haut, Anne! Tu devrais filer préparer le petit déjeuner!
J'y cours, Sire!
Et en sortant, évite de croiser madame la Reine, tu me ferais avoir des ennuis!!!
Bien, Sire!
Huhu!
Quoi, huhu?
Non, rien!
Bon! Il s'est passé quelque chose cette nuit ?!!
Non! Rien, Sire!!!
Parfait!
J'adore ce pays, il ne se passe jamais rien!
Moi aussi, Sire!
Cécile! Dépêche-toi, je t'en prie!
Je fais ce que je peux!
Alain! Bon sang de bonsoir!!!!
Alain, ne t'ai-je pas dit mille fois de ne pas jouer à ce stupide jeu dès le matin ?!!...
Mais... Père!!!
Papa! Enfin!!!

2

Range ça immédiatement !!
Pff !
Père ! Fais quelque chose ! c'est plus possible !!!
Cécile ! Dépêche-toi un peu ! Tout le monde attend ici !!!
Je ne peux pas faire plus vite que ce que la nature m'impose !
Oh la menteuse !! Elle a eu cent fois le temps de faire ses besoins !!
Hé, Adrien ! Cesse de te trémousser comme ça ! Un peu de dignité !!!
Si je fais pas ça, je fais sur place !
M'enfin, regarde-nous : ton frère et moi, nous sommes tout aussi pressés et nous restons stoïques !!
Alain n'a aucun mérite ! Il a déjà fait !
Je suis venu plus tôt, Adrien ! Là est mon mérite ! Maintenant, je t'attends !
Vous avez essayé l'autre salle de bain ?!
Mère y est !
Céciieuuh !!
Pèreuh !
La peste ! Elle le fait exprès !!
...si tu ne sors pas tout de suite, je fais enfoncer la porte !
Eh bien faites ! Mais je me plaindrai à Mère !!
Viiite !
L'intimité d'une jeune fille doit être protégée ! Ce sont vos paroles !!
Gaaardes !!! Amenez un bélier !! Y a une porte à enfoncer ici !!!
Oui ! Enfin !!
Vous allez le regretter, Père !
3

Ils n'arrivent pas, Sire! Voulez-vous que j'aille les chercher?
Non, mon bon Thibault, je vais y aller en personne!
Dépêchez-vous!!!
Tu l'auras voulu, Cécile, je vais quérir la garde!
Vous bluffez!!!
La peste soit sur cette donzelle! Elle est pire que sa mère!!!
Vous allez vraiment faire enfoncer cette porte, Sire?!
Mais non, bien sûr! Je m'en vais faire ailleurs!
Et d'ailleurs, j'y cours! Cela devient super urgent!!!
Mais où allez-vous faire?!!
Bon! Je l'admets, ce n'est pas très élégant!!!
... Mais ça fait du bien!!!
Je vous crois volontiers, Sire!!
Voilà, voilà!!! Pas la peine de s'énerver!!! La voie est libre!!!
Ah! Apparemment, j'arrive trop tard!
4

Et voilà !
Cui cui cui cui !
Salut, petit oiseau !! Que me vaut le plaisir de ta visite ?!!
Cui ! cui cui cui !
Tu es venu profiter de mon beau jardin en cette heure matinale !!!
?
Kof Kof ! Reuh ! Kof !
Hé, le Roi, je t'ai vu faire du balcon !!! À moins que je ne me trompe, les humains, ils peuvent pas faire ça non ?!!!
Thibault, viens voir ça !!!
Quoi donc, Sire ?
Vous pouvez pas faire partout, comme ça !!! Nous, on peut, vous pas !
... l'oiseau ... il parle !!!
Ça alors !
Vous avez des chiottes pour ça, non ?!
Mais qu'est-ce que c'est que ce petit donneur de leçons ?!
Et vulgaire en plus !
T'es dégueulasse en fait, hein ? Tout roi que t'es, t'es dégueulasse !!!
Non mais ! Ça va aller, l'oiseau ?!!!
Beurk ! le roi !!! beurk ! beurk !

5

C'est à cause de Cécile que j'ai fait là!! Je pouvais pas faire autrement!!!
Mais oui, Sire!
Je n'allais tout de même pas me justifier devant un petit oiseau!!!
Certainement pas, Sire!
Et puis, j'ai arrosé les plantes! C'est un peu comme du jardinage, non? Qu'y a-t-il de mal à cela?
Rien, Sire!
Dépêchons-nous d'aller déjeuner!
Oui, Sire!
Vous êtes en retard, mon ami, nous ne vous attendions plus!
Ah, ben, désolé... j'ai été retenu!
Tu me le paieras
Va te moucher, morveux!
Mmmh!
Cécile! Il est temps que nous ayons une petite conversation à propos de la salle de bain!
Et toi, range ce jeu! Nous sommes à table, nom d'une pipe!!!
Mais!
Ces jeux modernes vont te ramollir l'esprit! Lis plutôt des livres!
...et où est le déjeuner?!!
Anne!
Anne ne viendra pas! Je l'ai renvoyée!!!
Renvoyée?!!
Mais pourquoi ça?!!
J'ai appris qu'elle passait ses nuits dans votre lit... Ce n'est pas convenable! Je l'ai donc renvoyée!!!
Mais... enfin! C'est faux!!! Qui donc vous a raconté cela?
Des petits oiseaux!
Alors?
Ben... ...heu... en fait... rien!
6
Benoît Feroumont 2008

Hey! Les petits oiseaux!!
Oh non! Pas lui!
Allez... on se barre!
Attendez! Attendez! Je veux venir avec vous!
J'aimerais tant être votre copain!
Eh bin nous, pas!
Cette histoire d'oiseaux qui parlent, c'est vraiment n'importe quoi!!!!
Anne, je suis désolé, mais c'est comme ça! Tu dois quitter le château!
Et je t'assure que les oiseaux parlent...!!
Pff! C'est juste un prétexte! La Reine est maauuuvaise! Et toi, Sire, tu t'écrases toujours devant elle! T'es le roi, bon sang! T'aurais dû me défendre!!!
Un roi ne fait pas toujours ce qu'il veut! Surtout avec son mariage!
C'est horrible! J'aimais tant m'occuper de vous et faire ce qu'on me disait!!! Je pensais rester au château toute ma vie!! Que vais-je devenir?!!
Écoute! Descends au village et trouve la "Place du bon pain". En face de la fontaine, il y a une maison! Je te la donne!
De cette maison, tu feras une taverne où tu serviras à boire et à manger! Voici quelques écus pour t'aider à démarrer!
Quoi?! Tavernière! Alors que j'étais la bonne du Roi?!! Quelle déchéance!!!
Allez, il est temps de partir! Au revoir! Et calme-toi! Tu vas me faire avoir des ennuis!!!
Des ennuis? Mais c'est moi qui ai des ennuis!

Zzzz
Vieux con!
Ah bin voilà qu'ça recommence!
On t'a vu, hein! T'as volé une salade dans le jardin du voisin!
On va lui dire au voisin que c'est pas les lapins qui les mangent, ses salades!
Qu'est-ce que ça peut bien vous fout'!
Voleur de salade!
Pauv' type!
Rhââ! Pas moyen d'avoir la paix!
Mais où suis-je?
Eh bin, Joseph, vous en faites une tête!!
Oooh bin, c'est les oiseaux!!! Les oiseaux, Madame Jeanne,... Les oiseaux, ils **parlent**!!! Vous croyez ça, vous?!!!
Pour sûr que je vous crois!! Ils m'ont parlé à moi aussi!!! Ils disent des horreurs!!!
Ce sont des p'tits cafteurs, M'dame!
Excusez-moi!
II 2

Bonjour! je cherche la place du bon pain... Je me suis égarée... Pourriez-vous m'indiquer le chemin, s'il vous plaît?!
Mâa! Qu'elle est bien élevée c'te donzelle! Comme elle est polie!
Mais je te reconnais, toi!!! Tu ne serais pas la petite Anne, qu'est bonne chez le Roi?!
...Heu!... Oui, c'est moi!
Ça fait des années qu'on ne t'avait pas vue au village! T'étais toute petite quand t'es montée là-haut!! Quand ta maman est morte! C'est ça, hein?!
Ah mais oui, je te reconnais moi aussi! T'es devenue une belle jeune femme, ma parole!!
Merci, je...!
Tu ne nous reconnais pas? Je suis Jeanne! La femme du boulanger!!
Et moi, c'est le vieux Joseph! J'ai toujours été vieux!
Ha, heu, oui... peut-être!
Et t'es perdue? C'est fou, ça!! Dire que tu jouais ici!! Toujours à faire des blagues!!
Qu'est-ce qui t'amène par ici, hein?
Eh bien, je...
Elle couchait avec le roi; alors, la Reine l'a virée!
L'oiseau?! C'était donc vrai!!!!
Tu couchais avec le roi?
C'est pas ce que vous croyez!!!
C'est à cause des chouettes!!
Les chouettes Mmh...mmh!

Maudits volatiles!!! Attendez un peu!!!
Hi hi!
Venez ici, sales bêtes!
Elle est drôle celle-là'!
Vous avez ruiné ma vie et ma réputation!!
Raté
Haha! hihi!
Ah bin voilà'! quand on joue au bord d'une muraille...
On tombe!
ah!
Dépêche-toi, François!!! Le patron est sur mon dos!!
oui! oui
PING PING
Aaaaaaaah!
AAAAAAA
crack
cCRack
broum bram
II 4

Je suis vivante!!! Hihihihi...
Hihihihi
Kèsque c'est que ce bordel?
Vous êtes un ange?!
Vous croyez vraiment que c'est le moment de me draguer?
Ah, c'est malin! Comment on va faire pour bosser maintenant?!
Tiens?! C'est chaud! Très chaud!
Normal! Vous êtes assise sur une épée chauffée à blanc
Dites? vous m'écoutez?
AAAAAh
Je brûle! Je brûle!
Mes tomates! Elles sont belles mes tomates!
Attendez! On a plein d'eau ici?!!
Schlung
Mes tomates!
Sproutch
Mes tomates!
Non! Non! Non! Non! Non! Non!
Raté!
Mes tomates!
Nooooooo
II 5

Au secours!!
Paf
Pouf
Paf
Ah bin ça!
Sauve mes tomates, François!
Mademoiselle Attendez!
C'est chaud! C'est chaud! C'est chaud!
Pouf Paf Pouf
Tak tak tak tak
AAAAAAAAAAAA
AAAAAAAAAAAAAAA
Pff! Pff! Pff!
Au secours!
Ne vous inquiétez pas, Mademoiselle, je vais vous rattraper!

II 6

Elle devrait atterrir ici Je la rattrape, J'éteins son feu Je suis son sauveur Elle tombe amoureuse de moi!!!
Nous nous marions et nous avons beaucoup d'enfants
AAAAAAAAAAAAAAA
Plouf
Crack
Mademoiselle?!! Ça va?!!
Bravo!!
Magnifique!!
Cool!!
Génial!!
Beau spectacle!
Les oiseaux?!! Ils... ils...
Oui, je sais! Un conseil: laissez tomber!
C'est bien ici la Place du bon pain?
Oui, c'est ici!
Mademoiselle! Je m'appelle François et je...!
Ce doit être cette maison!
Mademoiselle!... ...heu...
Mais c'est dégueulasse!!! Merci, mon roi! Tu parles d'un cadeau!!
II 7

Benoit Feroumont 2008

Hou! Houuuu!
oh non!
Hou!
Hou!
Hou! Houuuuu!
Cette maudite chouette m'a suivie jusqu'ici!!! Elle me persécute!!!
Hou!
J'ai peur!
Hou!
Clac
Hou!
C'est quoi ce bruit?!
Hou!
Il y a quelqu'un en bas?!
Clic
Hou!
Hiiiii!
Hou!
Il est parti?!!
3.1

Hou!
Clac
Hiiiii!
Hou!
Anne, ma fille, tu es seule chez toi à présent!!! Personne ne viendra te sauver! Il faut te défendre!!
Hou!
Clac
Clic clac
Cela venait d'ici pourtant ...
3.2

Salaud!! Hors de chez moi!!!
Paf
Aïe!
Haaa ça, on veut s'en prendre à une femme seule! Eh bin, tu vas voir!!
Paf Paf Paf
Aïe Aïe Anne Arrête!
Je m'arrête quand je veux!!
Paf Paf
BAM
Outch
Et comment tu connais mon nom, hein?! Salopard!!
Mais c'est moi, ton roi!
Sire?!!
Oh, bon sang! Tu es folle ou quoi?!!
Comment ça, t'es folle?!! A-t-on idée de venir chez les gens sans prévenir?!!
J'ai eu une de ces trouilles!
Je voulais te faire une surprise. Tu n'es pas contente de me voir?!!
Une surprise?!! Mais c'est complètement idiot!! Et... Non! Je ne suis pas contente de vous voir!!! Et vous sortez d'où?!!
Hooo
Il sort de la trappe, pardi!
Haaaaaa!!

3.3

Paf paf paf
Anne! Arrête! c'est Thibault!
Ah oui?! Et la reine, elle vient aussi?!! Et vos deux fils? Hein? Ils arrivent quand?!
Ouille! J'ai mal!
Laisse-moi t'expliquer, Anne!!
Ah bin, vous avez l'air de deux beaux couillons!!
Je voulais te montrer le tunnel de siège!
C'est un tunnel qui va directement au château! On passe par là pour sortir quand on est attaqué et bloqué à l'intérieur!
C'est un tunnel super secret!!! Il me fallait quelqu'un de confiance dans cette maison!
Et vous venez en pleine nuit pour me dire ça?!! Comme des voleurs. Ça pouvait pas attendre demain, non?!!
Mais... Anne!! C'est un tunnel secret!!!
Secret! Secret! Mais qu'est-ce que je m'en fiche, moi, de ce foutu tunnel!!!
Ne dis pas ça! C'est très important! En cas d'attaque!
Quoi? Il y a une bataille qui se prépare? Le Royaume est menacé?
Grand Dieu!! Non!! Je fais tout pour que cela n'arrive pas!!

3.4

Voilà ! C'est ce que je disais! Vous n'avez rien à faire ici en pleine nuit!
Je suis désolé... mais... je...
Mais... je... quoi encore?!!
Bin... je me disais que... par cette voie... je pourrais venir te rendre visite de temps en temps!!!
Mais... mais... mais... tu ne manques pas de culot, mon petit bonhomme!!!
Petit bonhomme, petit bonhomme!! N'oublie pas que tu parles à ton roi!!
Roi ou pas, ça suffit maintenant, hein? Vous retournez d'où vous venez et vous me laissez dormir! J'ai une taverne à ouvrir, moi, ici!!!
Mais... Anne...!
À l'avenir, mon roi, tu passeras par la porte comme tout le monde! Si le château est assiégé, j'ouvrirai cette trappe! En attendant, elle restera fermée!!!
Au revoir!
VLAM
Bam
Bam
Bam
3,5

3.6

benoit feroumont 08

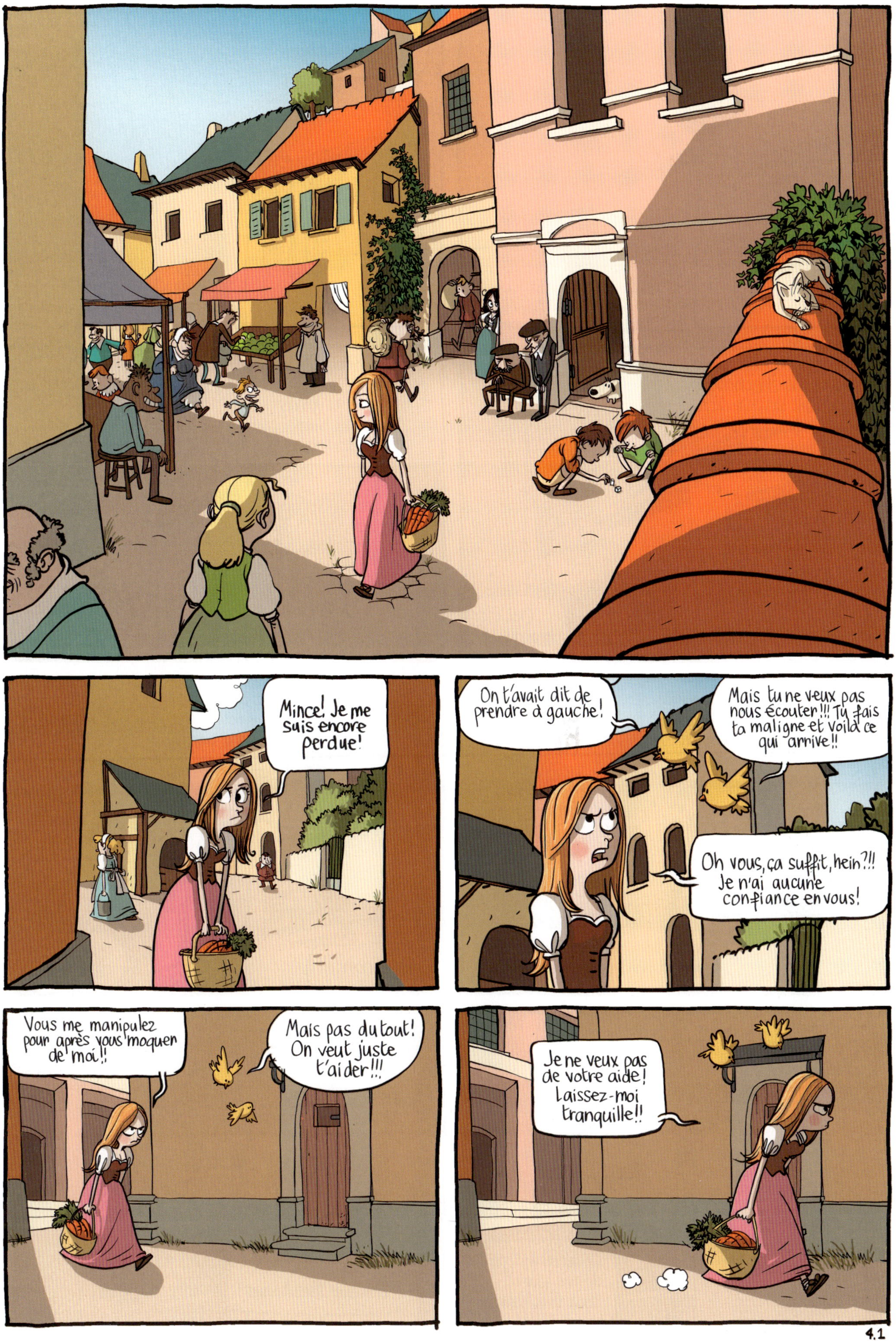

Mince! Je me suis encore perdue!
On t'avait dit de prendre à gauche!
Mais tu ne veux pas nous écouter!!! Tu fais ta maligne et voilà ce qui arrive!!
Oh vous, ça suffit, hein?!! Je n'ai aucune confiance en vous!
Vous me manipulez pour après vous moquer de moi!!
Mais pas du tout! On veut juste t'aider!!!
Je ne veux pas de votre aide! Laissez-moi tranquille!!
4.1

Bonjour Alexia! comment ça va aujourd'hui?
Très bien! Et toi, Amélia?
Très bien, merci! Dis, tu sais quoi?!!
Non!
La p'tite Anne, celle qu'est redescendue du château, Celle qu'était la bonne du roi!!
Oui, ben quoi?
Eh bien, elle a pris la vieille maison de la Place du Bon Pain et elle va ouvrir... ...Tiens-toi bien... une taverne!!!
Non!!! Quelle horreur!!
C'est tout de même incroyable! Une femme seule, comme ça, sans mari, qui va tenir un endroit de débauche...
J'en reviens pas! Elle qui avait une si bonne place au château!!
On se demande ce qu'elle a pu faire là-haut pour en arriver là!!
Elle était la maîtresse du roi, qu'y paraît!
Noooon?!!
Rhôôô!
Eh bin, comptez pas sur moi pour y mettre les pieds, dans sa taverne!!!
Moi non plus!
Ce qu'on voit pas de nos jours!! Tout fout l'camp!!
Bonjour Mesdames!

4.2

Oooh! La petite Anne!
Quelle bonne surprise!! hé hé hé
Quelle belle matinée, n'est-ce pas?
Oh bin oui! Il fait beau!
Et comment elle va la petite Anne aujourd'hui?!
Qu'est-ce qui l'amène par ici?!!
Je reviens du marché! Je termine les prépa-ratifs pour l'ouverture de ma taverne!!! Vous viendrez, n'est-ce pas?!! J'y servirai de délicieuses tartes et une cervoise très rafraîchissante!
Ooh mais Ouiii!!
Bien sûr!!
On se réjouit!!!
Extra! Bien! Heu pour aller à la place du Bon Pain, c'est bien à gauche, n'est-ce pas? Je me suis un peu perdue!
Ah non! C'est à droite!
C'est ça à droite! Puis tu prends le petit escalier!
Et tu y es!!
Bon eh bien, merci! Je vous laisse pendre votre linge! On se voit dans deux jours pour l'ouverture, alors!
Bonne journée!
Oui, c'est ça! À très bientôt!
On se réjouit!
Bonne journée!!
Par là, alors?
Oui oui!
C'est ça!
À droite!

4.3

Rhôôôô! Vous allez y aller, vous?
Moi, dans sa taverne?! JAMAIS!!!
En plus, elle a un petit air hautain qui ne me plaît pas du tout!
Et dire qu'elle a couché avec le roi!
J'en étais sûre!
C'est une femme de mauvaise vie, j'vous l'dis!!
Vous voulez vraiment me rendre service?!!
Mais oui!!! On n'arrête pas de te le dire!!
On t'adore!! Demande tout ce que tu veux!!
Bon, alors voilà ce que vous allez faire... !!
Tu nous chanteras une chanson?
Promis!
BON! Tout le monde est prêt?
Salut les gars!!
Salut patron!
Salut patron!
J'ai une grande nouvelle!! Le roi vient de me commander vingt épées à livrer dans une semaine!
Encore?!
Dans une semaine?!! Mais patron, on est en retard sur tout!! On a trois chevaux qui attendent leurs fers et puis, il y a cette commande de clous pour le meunier!!
Je m'en fiche!!! Le roi est prioritaire! Il paie des fortunes pour toutes ces armes, donc je les fabrique!
Je les fabrique!
Pff! Mais que va-t-il faire de toutes ces armes qu'on lui fournit?!! J'espère qu'il ne nous prépare pas une guerre!!
Ça, c'est pas mon problème!! Cessez de bougonner! Vous devriez être heureux d'avoir du boulot!!!
Ouais bin on ne fait que ça, ...boulotter!

Ouais, bon, ça va! J'ai compris! Une prime de deux écus, ça vous va?!!
D'...
Attends! Trois!
O.K.! O.K.! C'est bon! Trois écus!!! Bande de rapaces!!!
Bien joué!
Je suis certain que notre patron rêve de trouver des forgerons qu'il ne paierait pas!!
Mince! Je reconnais cet endroit! Je suis tout près de la forge!
Allez François!!! Au boulot! Autant s'y mettre tout de suite!!
Aah, si je pouvais trouver des ouvriers que je ne doive pas payer du tout!!! Ooh oui!! Des esclaves!!! Ça, ce serait cool! Je garderais tout l'argent pour moi tout seul!!!
C'est là que travaille le grand gaillard! Ce François! J'ai pas du tout envie de le voir, celui-là!
Tu sais ce qu'on va faire?!
Non!
Eh bien, demain, on se lève plus tôt, comme ça on est plus tôt au boulot!
Comme ça, on travaillera plus! Le patron, il sera content et peut-être qu'il nous paiera plus!

4.5

Mademoiselle!!! Attendez!!!
Bonjour!!! Oh j'espèrais tant vous revoir!!!
Ha ha ha!!!
Que je suis heureux de vous revoir!
C'est chouette!
Je voulais venir vous rendre visite ce soir, après le boulot! Mais vous êtes là!! Ah ah ah!!
Oui... je suis là!!
Laissez-moi vous offrir cette jolie fleur que j'ai fabriqué pour vous!
Je m'appelle François!!
Ooh! Comme c'est gentil!!!
Elle est jolie, n'est-ce pas?!!
Ouch! Elle est très lourde!!
Dong
C'est du métal! Je suis forgeron!
François, le forgeron!
Héhéhé!
Ce n'est pas ma forge, là c'est celle de mon patron!
Mais...
Un jour, j'aurai ma forge à moi!
Rassurez-vous!
Ghhh
Vous rentrez chez vous?
C'est par là vous savez!
Je vous accompagne!
Qu'est-que je suis content!
Par là?
Alors? Comment allez-vous?
J'ai entendu dire que vous alliez ouvrir une taverne!!
C'est pas grave, hein! C'est bien même!
Et votre maison?
Il fait beau aujourd'hui!
On a de la chance avec le temps!
C'est agréable!
CRRRRR
ATTENTION!! Y a un caillou, là!!
Que...
Permettez?
je!
CRRRRR
Voilà!
Vous auriez pu trébucher!!!

4.6

Où en étais-je?
Ne rien oublier!
Bonjour... oui c'est fait!!
Je m'appelle François... ... Ok!
Il fait beau... ouiiii!!
Comment allez-vous ... mmh... mmh!
Dites... heu...
CRRRR
Mais oh! Quel impoli! Ma maman aurait honte de moi! J'ai complètement oublié de vous demander votre joli nom!
Je suis désolé!
Je suis confus!
Toutes mes excuses!
Anne! Je m'appelle Anne!
Anne? Ha!!
C'est pas grave!
Je suis un peu déçu!
Ça ira!
J'aurais préféré Marthe ou Odette!!
Je dois bien l'avouer!
Alors voilà, Anne! J'ai bien réfléchi! Il n'y a qu'une seule chose à faire : vous devez m'épouser!!!
Mais enfin... c'est hors de question!
Pardon?!
Je ne veux pas vous épouser! Voilà!
Zut!
C'est pas grave! Je réessaierai demain! Vous aurez changé d'avis d'ici là!
Je ne pense pas, François!
Mais si!! Réfléchissez-y et on en reparle! Au revoir!
4.7

Ouais! Super, François! T'as été génial!
Je suis pas sûr!
Continue comme ça, tu vas y arriver!!
Mais si! Les femmes aiment se faire désirer!!!
C'est vous qui l'encouragez hein? C'est ça!!?
Nous?... Mais non!!!
Il n'a pas besoin de nous!!
Il est super amoureux de toi!!!
Parler avec lui c'est comme tomber dans un grand tunnel d'ennui!
Alors? Vous avez fait ce que je vous ai demandé?!!
Ouaip, mam'zelle! Mission accomplie!
Hi hi hi hi!!
Bien fait!
Allez, ramenez-moi à la maison! J'ai une auberge à ouvrir!!
Héhéhé!
Ok! C'est parti!!
Hé mais... T'avais promis une chanson!
D'accord! D'accord!
CRRRRRRRR
Mais c'est quoi ça?!!
C'est dégoûtant!!
Rhôôôôôô! Le linge!!
Oooooh Noooooooon!
Maudits oiseaux!!!
Benoît Feroumont 2008 4.8

Comme il fait bon vivre dans ce royaume!! Tout est calme et paisible!
Haaaaaa!
Ça, c'est la voix du roi!! Allons voir!!
Ouch! Un réveil difficile!
Bon sang!!! Mais qui êtes-vous?!!
Je suis Berthe, la nouvelle bonne! C'est madame la Reine qui m'a engagée!
Je rêvais si bien!
Petit déjeuner dans vingt et une minutes...
Vous auriez pu me consulter!! Elle est horrible et sent très mauvais!
Berthe est une femme robuste et elle fera une bonne parfaite! Elle n'a pas peur des hiboux, elle!
Mouais!... En tout cas, je la dispense du réveil royal. Elle m'a mis de méchante humeur!!
Comme vous voudrez!! Berthe? Vous pouvez servir!
C'est quoi?!!
Du boulatch! J'ai grandi avec ça!!
Mmmh...
À propos de bonne! Savez-vous qu'aujourd'hui, Anne inaugure sa taverne?! Nous pourrions y aller!!! J'aimerais tant revoir ma chère Anne!
Je...
Quelle bonne idée!! Notre présence royale lui fera une bonne publicité!!!

Il me serait extrêmement désagréable que quiconque dans cette pièce se rende chez cette... fille de joie!!
Merci, Berthe!
Dites! Vous oubliez que je suis le Roi!!! Je vais où bon me semble et mon épouse n'a pas à me dicter ma conduite!
Et Anne n'est pas une fille de joie!
Et voilà! Vous me contredisez encore devant les enfants!!!! Décidément, vous faites tout pour m'être désagréable!!
Mais... enfin! Vous ne pouvez pas...
Dites plutôt que vous voulez rejoindre votre maîtresse!!
Anne n'est pas ma maîtresse!!! Combien de fois faudra-t-il vous le répéter?!!!
Peut-être pas maintenant Mais avant, oui!!!!
Non!
Si!
t'arrives à manger ça, toi?!
Dégueu!
AAAaaah! Je n'en peux pluuuuhuuhuuuhus! Vous êtes toujours contre moi!!!
Mais enfin... Il s'agit d'Anne!
Pour une fois que j'émets une demande toute simple Non!! C'est encore trop pour vous! Bouhouhou!
Elle a grandi parmi nous... c'est la moindre des choses que nous...
Mon avis ne compte pas dans ce fichu château!!! ... Bouhou houhou
Bouhou hou hou hou hou hou!!
Je suis si malheureuheuheuheuse!!

C'est bon! Vous avez gagné! Nous n'irons pas à l'ouverture de la taverne!!
Merci, mon ami! J'en suis fort aise! Mangeons ce délicieux boulatch et oublions cette triste affaire!
Alors, c'est bon?!
J'ai tout entendu, Sire! Qu'allez-vous faire?!
Bon sang, je vais manger un croissant beurré avec de la confiture!!
La bouillasse de cette Berthe est immonde!!!
Je parlais de la taverne d'Anne. Allez-vous vous y rendre?!!
Non! Malheureux!!! J'ai bien songé à y aller en cachette mais ces oiseaux cafteurs auraient beau jeu de me dénoncer!!
Je suis coincé!
Ne serait-il pas mieux de tenir tête à la Reine? Ces derniers temps, elle vous mène par le bout du nez!
Ne sois pas insolent, Thibault!!
Aaah! Ça y est! Anne a ouvert les portes!!!
Salut, Anne!!!
Bonjour, les petits!!
Donc, il y a des gens qui vont boire et manger ici?!
Ouiiiiii! Et dormir aussi!!
Mais ça sert à rien!! Il y a les fontaines pour boire!!!
Vous n'y êtes pas! Ici les gens vont déguster des choses que je leur ai préparées: de la bière, des jus de fruits et surtout une délicieuse tarte!!
Aaah! Ils vont venir ici pour être saouls!!
Mais non! Ce sera très convenable!!! J'attends beaucoup de clients qui viendront ici passer un petit moment agréable!

5.3

Génia!! On va bien rigoler!!
Héhéhé!
Ah non! Vous m'avez promis de ne pas parler à mes clients!!
On a promis ça, nous?!
Ha! oui... c'est vrai!!
Une promesse c'est une promesse! Pas de blague!
Ça c'est vraiment con!
C'est bien ici la taverne?!
Déjà mon premier client!!! Ça démarre super bien!!
Oui! C'est bien ici la taverne!!! Soyez le bienvenu, monsieur!!! Je suis là pour vous servir!! Désirez-vous boire ou manger? Je vous recommande ma délicieuse tarte.....!
Stop!
Je suis pas là pour ça!!
Je suis le patron de la forge!! Je viens vous parler de mon toit!
Celui que vous avez traversé avec votre popotin...!
Ah oui!! Je suis désolée je ne le ferai plus!!! Hi hi hi hi!!!
Ouais bin les réparations, ça coûte cher!! Et je vois pas pourquoi c'est moi qui devrais payer!!!!
Oui, c'est bien normal!!! Je vais vous rembourser! Mais...
... mais... c'est une fooortuuuune!
Un toit, ça coûte cher! J'attends!!!
J'attends? Mais monsieur, je n'ai pas l'argent!!! J'ai dépensé tout ce que j'avais pour rénover cette taverne!!
C'est pas grave! Donnez-moi votre commerce et on est quitte!!!
Nooooooon!
J'y tiens, moi à ce commerce. J'y ai mis tout mon coeur!!! Accordez-moi un délai, Je vous en prie!!!
Bon, je vous donne jusqu'à demain!
5.4

Demain?!
Oui demain, dernier délai! Salut!
Quel vilain petit bonhomme! Mais je m'en fiche! Si je fais une bonne recette aujourd'hui, j'aurai de quoi le payer!!
Mais pour ça, il me faut des clients!!!
Bienvenue!
Attendez! J'ai une délicieuse tarte! ...
Monsieur? Il fait chaud!! Venez donc prendre une boisson fraîche chez moi!!!
...ou alors une part de tarte ...
Et vous, Madame?
Je vous en prie, entrez!
5.5

Monsieur? Entrez donc! J'ai de la bonne tarte!
On est bien accueilli!! On est bien servi!! On mange bien ici!!!!
Que c'est booon dans la taverneuh d'Anneuh!
Oh mazette! Quelle chouette taverne!! Je vais m'y arrêter, tiens!
Non! Non! Non! Et non!!! Dire que je vous ai accordé une prime!!!! Et pour quel résultat!! Je peux pas livrer ça au roi, moi!!!! Vous allez me corriger tout ça, et illico!!!!
Mais patron! Aujourd'hui c'est l'ouverture de la taverne!!! Je dois y aller!! Je dois demander Anne en mariage!!!
François! Ferme-la!
Si tu savais comme je m'en fiche!! Vous y passez la nuit s'il le faut mais demain, je veux des épées droites!!!!
Il va rater l'ouverture, le François!!
Et vous aussi là-haut, je veux du travail soigné!
Ok! Ok!
Hey, François? Ta chérie, elle va se faire draguer par tous les clients!!
Et tu ne seras pas là!!
Si ça se trouve, elle va en épouser un autre!!!!
Un riche! ou un soldat!
Vous avez de la chance d'être là-haut, vous!!
Allez, tout le monde au boulot!!!
Rhâââä! J'adore crier des ordres!!!
Allez, ne les écoute pas, François.... Au boulot!
5.6

Mmmh! Ch'est chuculeeent!!!
Salut, beau gosse... Une petite part de tarte?
Une petite bière? Hein... Pourquoi pas, hein?!! Hein?
Mais essayez au moins!!!
Je vous en supplie... Entrez!!
C'est mal barré!
Toute la journée a passé et pas un seul client.
Rhâââââââaaaa....
Mère, je suis fort lasse... Je vais aller me coucher!
Déjà? Le soleil se couche à peine!
Oui... cette broderie m'a exténuée!
Soit!... Passez une bonne nuit mon enfant!
Clop
Clop
Clop
5.7.

Ne me dites pas que vous avez passé la journée, là, à jouer à ce jeu idiot !!!
Si !
C'est pas pire que la broderie !
Vous n'auriez pas voulu aller voir Anne et sa taverne, vous ?!!
Non !
On s'en fiche !
Et puis, ce serait désobéir à mère !
Oui mais moi, j'aurais bien voulu aller la voir, Anne !
Eh ben vas-y !
Et fiche-nous la paix !
Bravo ! T'as été parfait !
Toi aussi !
Ooh, c'est incroyable ! Votre dame met mon roi en échec ! Vous avez encore gagné, Sire !
Thibault ! Je t'ai demandé mille fois de ne pas me laisser gagner ! C'est irritant !
J'essaie juste de vous être agréable, Sire !!! Excusez-moi !
Bon, ça suffit !!! Nous avons assez joué ! Il est temps de nous coucher !
Et voilà une journée paisible qui s'achève, Berthe ! Et, comme chaque soir, j'aime à contempler ce beau spectacle qu'est la relève de la garde !
Mmmrrh !
Regardez ces hommes fiers et valeureux... Ne sont-ils pas magnifiques ?!!
Allez, les gars, on se dépêche ! N'oubliez pas que la Reine nous regarde !
5.8

Salut!
Salut!
Alors, vous allez à la taverne d'Anne, ce soir?!!
Ouaip!
Veinards!!
Bonne garde!
Amusez-vous bien!
Stop!
Mais j'vous r'connais, vous deux, là!!! Vous êtes les deux princes!! Qu'est-ce que vous foutez là?!!
Chut! On vient avec vous mais dites rien à Maman, d'accord?!!
Mon silence vous coûtera cinq écus chacun!
Ok! Vendu!
En avant!
Mais attention! Y a pas de Sire, prince machin chose, hein?!
Ce soir, vous êtes des troufions de base aux ordres du capitaine. C'est-à-dire : moi!!
D'accord!
D'accord!
On dit : À vos ordres, Capitaine!
À vos ordres, Capitaine!
À vos ordres, Capitaine!
C'est bien!

Anne! Anne! T'as un client!
Mmmmh 'Foutez pas d'moi ...
Non... C'est vrai!
Puis-je passer ma commande?
Ooh, oui! Vous pouvez pas savoir comme je suis heureuse de vous avoir !!!
Bonjour!
Je prendrai un jus de fruit et une part de tarte!!
Un jus... une tarte... Aaah... enfin!!! Vous allez voir, ma tarte est délicieuse!
Je le sais! Il me tarde d'en manger à nouveau...!
À nouveau? On se connaît?
Oh!
Chuuut!
Mademoiselle Cécile!!!
Ça me fait tellement plaisir que vous soyez là!!!
À moi aussi!!
Mais c'est quoi, cet accoutrement?!!
C'est à cause de mère! Elle nous a interdit de venir ici!!!
Elle me déteste donc tant?!
Waâââh! Elle a fait une de ces crises, ce matin!! Pffuuw!! Pathétique!

5.10

Et le Roi?
Il a pas bougé! Il ne viendra pas, c'est sûr!
Faudrait quand même qu'il se réveille!
Ma mère, elle le tient!! Il a bien trop peur!
grat grat grat
Et les deux princes?
Tu les connais... Toujours occupés avec leur jeu, là!
Bonjour, tavernière!!! Les gardes du château viennent boire un verre chez toi!!!
Oh là là!! Plein de clients!, Quel bonheur!!
Ah ben ça! Adrien et Alain déguisés eux aussi!!!!
Comment ça va, ma grande? Je suis ravi de te revoir!!!
Capitaine! Les deux princes! Merci d'être venus... Je suis touchée!!
J'espère que tu as un bon stock de bière parce que nous, les soldats de la garde, on a l'intention de vider ta cave!!!
Capitaine! J'ai de la bière mais je crains que mon établissement ne soit pas ce genre d'endroit, vous savez!!
Tu déconnes? Ta taverne est quasi vide! Tu veux qu'on parte?
Je déconne, bien sûr! Demandez-moi tout ce que vous voulez!!!
S.11

Oui... Merci, Thibault... Laisse-moi... oui... je vais prendre l'air avant de dormir... oui... merci... toi aussi... oui... à demain!!
Pff!!
Hey, mais c'est le roi!!! Qu'est-ce que tu fous là? T'es pas chez Anne?!
Gnagnagna!!! Si j'y vais, vous allez cafter à la Reine et ce sera la crise!!!
Notre faute?!!! Bouhouhouhouhou!!! Si tu vas à la taverne, je pleure! Bouhouhou...!
Et toi, tu fais rien? Tu joues aux échecs toute la journée?!!! Quel nul!!
Mais... mais... mais...!!
Ah ah ah! Trouillard!
Fichez-moi la paix! Fichez la paix à mon Royaume!
Grosse nouille!!!
Pauv' Cloche!
Houuuu! le Roi nul!
Quelle klèt'
Ecoute, le Roi! ... Anne, c'est notre copine! On l'adore! Elle a besoin de toi... aujourd'hui!!
Sais-tu que la Reine a oeuvré dans l'ombre pour que la taverne soit une catastrophe!
Elle a réuni ses copines...
Une taverne? Quelle bonne idée!!
Et tenue par Anne! Cette délicieuse jeune femme!
Anne est une traînée!! Je compte sur vous pour lui faire une réputation!!
Et elle a rempli la taverne avec des soldats pour effrayer les bonnes gens...
Tenez, capitaine! Allez vous amuser chez Anne ce soir! Vous l'avez bien mérité!!!
Merci, Majesté!
Il est temps de te réveiller, Sire!!!
Sinon, Anne, elle aura plus que ses larmes pour pleurer!
En plus, tes enfants, ils y sont tous les trois!
C'est pas des trouillards, eux!
Thibault!!!

5.12

Oh, mon ami ! Cela fait des lustres que vous ne m'avez pas rejointe dans cette pièce !!!
Je ne suis pas là pour ça !!
Je viens vous informer que je vais me rendre à la taverne d'Anne pour y boire un verre !!!
Et vous allez venir avec moi !!
Comment ?!! N'ai-je pas été assez claire, ce matin ?!!
Si et je m'en fiche ! Allez, sortez de ce lit et habillez-vous ! Si vous refusez, je vous fais mettre au cachot !!!
Au cachot ?!!! Vous n'oseriez pas tout de même ?!!!
On parie ?!!...
Allez !! vas-y, mon gars !
glou glou glou glou glou glou
Alain ! Vous ne devriez pas faire ça ! Vous avez déjà assez bu comme ça !
Ha ha haa ! Ha ha ha
Car elle était gaillardeuh, la campagnardeuh
Ma chère Anne ! Sachez que ce soir, je ne suis qu'un soldat aux ordres du capitaine !
Bravo !
Et le capitaine dit : qu'il doit boire !!! Ha ha ha ha ! On va te le dévergonder, le p'tit prince !!!
TOC
Après, je connais plus les paroleuh !
J't'assure, mon gars ! Tu devrais trinquer avec nous ! Il faut boire de la bjère ! C'est bon, la bjère !
Monsieur ! Je vous en prie vous êtes saoul !
Saoul ? Moi ? Et alors ?!! Je suis venu trinquer à la santé de notre bonne Anne !!!
Ha ha ha ha ha ha Ha
Vous devriez rentrer au ch... euh... chez vous !
5.13

Capitaine, je vous en prie, soyez raisonnable! Vous transformez ma jolie taverne en tripot à soudards!!
urp
Ooh allez, Anne! On s'amuse, quoi!! Sois pas si coincée!!
On est quasiment tes seuls clients. Alors, faut être gentille avec nous! D'ailleurs, la prochaine tournée, on la commande à une seule condition: tu
Encore?!! Mais c'est la troisième fois!! Ça suffit!!
Ok! Ok! On s'en va!
Rhôôô! Ça va!! ... Voilà! Vous êtes contents?
Tournée générale!!
Wâ!
Oh lalàà!
C'est bô!
Anne! Elle nous manque beaucoup, tu sais! Ma mère la Reine l'a remplacée par une horrible sorcière qui sent mauvais... mais mauvais!!!
C'est la dernière fois, hein!
Alors qu'Anne... elle sent booooon!!!
Bon, alors! Qui qu'en veut!??
Moi!
Moi!
Anne! Viens par ici montrer comme tu sens bon!!!
Hey!
Mmmmmh! Tu sens la fleur d'oranger! ...
Snif Snif
Mais... Adrien!
Paf

5.14

François ?!!
Laissez ma fiancée tranquille
La garde ! On attaque l'un des nôtres !!!
Crack
Voilà, Anne ! Je pense qu'à l'avenir, il ne vous embêtera plus !
...On n'est pas fiancéééés !!
Toi, mon gars, t'es fini !
'tain ! T'entends c'qu'elle dit ? Vous êtes même pas fiancés !!
T'as tapé pour rien ! On va t'éclater !
Messieurs, restez en dehors de ça !
François !!! ... Non !! ...
Clac
Clac
Clac
Clac
Clac
Mais laissez mes clients tranquilles !!!
Mais Anne, ils vous importunent !!!
A l'attaque les gars !
Dedjeu !
Aaaaaah !
Paf

5.15.

Wâ! Balèze, le François!
Cool!
Bing
Paf
François! Attention!
Vous m'avez aidé!!
Jamais! Je vous déteste!
Ouch!
François, arrêtez!!
Aïe!
Aïe
Ping
Paf
Blam
Eh bien voilà! Cet endroit est bel et bien un tripot!!
Bagarres, alcools, strip-tease... toute la panoplie y est... Quelle honte!
On est bon pour une pétition pour faire fermer cet endroit!
Oh mais... regardez!!! Le roi et la reine? Ils ne vont quand même pas entrer là-dedans?!!

Oh mon Dieu! Quelle horreur!!!
D'évidence, votre plan a fonctionné à merveille!
Je vous aime, Anne! Épousez-moi!
Non, non, non, non et non!!! Comment osez-vous me demander cela après avoir cassé la figure à tous mes clients et causé ma ruine!!
Aïe
Ouille
Je refuse de rentrer là-dedans! Je retourne au château!!
Restez à mes côtés, je vous prie!
Salut, la compagnie!!! Alors, jeune homme, c'est vous le responsable de tout ce grabuge?!!
Le Roi!
Et la Reine!
il est très fort, Sire!
Mais, mais, mais...
Ces soldats importunaient ma fiancée, Sire!!
On n'est PAS fiancés!!
Comme c'est romantique!
Une vraie brute!
Adrien? Alain?
Wâfti! Quelle bagarre!!
géniale!
Mère?!!
Vous êtes venue!!
Que faites-vous ici, petits vauriens!!?
Et vous aussi, Cécile? Allez, sortez de là!!
?
?
Ça alors!! Le monsieur à moustache, c'était Cécile!!
Oh ben ça!!
Attendez-vous à des punitions exemplaires, vous trois!!!
5.17

Ne soyez pas trop sévère avec eux, ma mie... !!!
Quelle famille!
Bien! Allez... Tout le monde redresse les tables et les chaises. On s'assied dessus et on prend commande auprès d'Anne!!!
...
...La famille Royale est venue honorer cette taverne de sa présence!! Et qu'on se le dise, nous aimons tous cet endroit et le recommandons au bon peuple du Royaume!!
Ah bon?
Ha! Ça change tout!
Regardez!!! Des clients... plein de clients Je suis sauvée!!
Pour moi, ce sera une bière!!!
Anne!!
Hahaha haha
Tavernière!! A boire!!!
Santé les amis!
Mmmh... mmmh!!! Ooh! Cette tarte!!! Cette tarte!!! J'avais oublié ce goût!! C'est délicieuuux!!
Hahaha hahaha!!
J'arrive!! Tout de suite!!
J'en reprends pour demain matin, mère?!! Pour remplacer le boulatch!!
Oui! Faites donc! Bonne idée!!! Je l'admets volontiers... Le boulatch, c'est dégueulatch! Hi hi hi!!!
Zut! Le compte y est!
La garde à vous tout seul! Bigre! Ça vous dirait de travailler pour moi?
...Heu... Faut voir! Je suis forgeron...
M'enfin t'es con ou quoi? Pourquoi t'as bu de la bière?!!
Beuuwark! La curiosité!! ça me perdra!!
Benoit Feroumont Sept. 2008